Petra Ackerlauer

öbv

4

# Deutsch
## Sprachbuch

**Sommertraining**
mit spannender Feriengeschichte

www.oebv.at

# Ein Fall für die Baumhausschule

Lotte

Tini

Lukas

Mario

Hallo, ich bin Lea!
Ich erzähle dir die Geschichte,
wie unsere Baumhausschule einen
spannenden Fall gelöst hat. Auf jeder Seite
gibt es knifflige Aufgaben für dich.
Diesmal darfst du sogar die Geschichte
ein wenig mitschreiben!
Löse alle Aufgaben und erfahre,
wie die Geschichte weitergeht.
Du brauchst dazu einen Stift
und ein Notizheft.
Viel Spaß!!
Deine Lea

Lea

Matteo

Die 4. Klasse und die Volksschulzeit sind nun vorbei. Vieles wird jetzt anders werden. Wenn ich daran denke, beginnt es in meinem Bauch zu kribbeln. Aber eine Sache bleibt gewiss: Die Baumhausschule wird wie jeden Sommer wieder öffnen. Darauf freue ich mich schon seit Monaten. Außerdem würde ich Lukas, Lotte, Tini und Mario wiedersehen. Wir alle konnten es kaum erwarten.

Beim Wiedersehen fielen wir uns in die Arme und erzählten uns von unserem Abschied aus der Volksschule.

Doch wir sollten auch eine unangenehme Überraschung erleben.

Löse das Rätsel, dann erfährst du, was geschehen war.

**1 Zusammengesetzte Namenwörter teilen**

Die zusammengesetzten Namenwörter passen zum Wiedersehen der Freunde.
Sieh dir die Wörter genau an. Fällt dir etwas auf?
Schreibe die Wörter getrennt voneinander und mit Artikel auf. Es sind 10.

Wiedersehensfreude • Sommernächte • Freudentränen • Abschiedsgeschenke • Zukunftspläne • Zerstörung

*das Wiedersehen – die Freude, ...*

Du kannst mit den Wörtern Sätze bilden, die zur Geschichte passen.

Du hast es sicher bemerkt: Ein Wort ist nicht aus zwei Namenwörtern zusammengesetzt. Schreibe es mit dem Artikel auf.
Das war die böse Überraschung!

Oh Schreck! Was war das? Das Baumhaus war total zerstört!

## 2 Einen Text gestalten

Verwende diese oder eigene Textteile,
um diesen Teil der Geschichte spannend zu erzählen.

Lotte Tini Mario Lukas

entsetzt entrüstet verzweifelt ungläubig

rief verdrehte die Augen schüttelte den Kopf seufzte

„Oh, nein!“ „Wer war das?“ „Was ist hier passiert?“ „Das kann doch nicht sein!“

Schreibe hier deine Sätze auf:

Dieses Jahr fiel die Baumhausschule wohl aus. Enttäuscht wollten wir uns wieder auf den Heimweg machen. Da hatte Lukas eine Idee: „Wir können jetzt traurig sein und aufgeben. Oder wir betrachten es als eine Aufgabe. Ein neuer Fall, den wir lösen müssen!“

Alle stimmten ihm begeistert zu. Mario meinte: „Ich wollte immer schon ein Detektivabenteuer erleben. Das ist ein Fall für die Baumhausschule!"

„Also gut. Schritt 1: Spuren sichern", sagte Lukas bestimmt und machte sich auf die Suche. Auch die anderen untersuchten den Platz auf Hinweise. Ich konnte noch immer nicht glauben, dass das jemand getan hatte. Aber ich suchte trotzdem mit.
Du auch?

**3 Fälle bestimmen anhand des m- oder n-Signals**

In diesen Sätzen wird beschrieben, was die Kinder am Tatort an Spuren entdeckt haben. Setze die fehlenden Buchstaben ein. Markiere das Signal und bestimme den Fall.

m-Signal → 3. Fall (Wem?) n-Signal → 4. Fall (Wen?)

Lukas entdeckte in der Wiese eine__ blaue__ Stoff. → ____ Fall

Gehörte der blaue Stoff eine__ Buben? → ____ Fall

Tini fand in der Erde eine__ große__ Fußabdruck. → ____ Fall

Gehörte dieser Fußabdruck eine__ Erwachsenen? → ____ Fall

Lotte machte sich Notizen in ihrem Notizbuch. Mario fotografierte alles mit seinem Smartphone, das er für sein gutes Zeugnis bekommen hatte.

Anschließend beugten wir uns über das Notizbuch. Zusammen mit den Fotos von Mario versuchten wir alle Hinweise zu ordnen.

Hilfst du uns dabei?

**4 Namenwörter: männlich – weiblich – sächlich**

Wenn du Namenwörter nach dem Artikel ordnest, kannst du das Geschlecht der Wörter herausfinden:
der → männlich die → weiblich das → sächlich

Ordne die Namenwörter nach ihrem Geschlecht.
Wenn du nicht sicher bist, schlage in einem Wörterbuch nach.

Fußabdruck • Stoff • Zerstörung • Fingerabdruck • Spur • Chaos • Haarbüschel • Büroklammer • Baumhaus

| männliches Geschlecht | weibliches Geschlecht | sächliches Geschlecht |
|---|---|---|
| | | |
| | | |
| | | |

Die Spuren waren gesichert. Aber wie ging es nun weiter? Ich hatte eine Idee, wer uns weiterhelfen konnte.

Willst du es auch wissen? Löse das Rätsel.

## 5 Die Wortbausteine -ung, -heit, -keit

**Mit den Bausteinen -ung, -heit und -keit baust du aus Eigenschaftswörtern und Zeitwörtern Namenwörter.**

Trage die Wörter ein. Das Wort senkrecht ↓ im Rahmen ist das Lösungswort.

| | | | | | | | | | | | | | | | |
|---|---|---|---|---|---|---|---|---|---|---|---|---|---|---|---|
| beschäftigen → | B | E | S | | | | | | | | U | N | G | | |
| peinlich → | | | | | | | | | | | | | | | |
| überheblich → | | | | | | | | | | | | | | | |
| drohen → | | | | | | | | | | | | | | | |
| hindern → | | | | | | | | | | | | | | | |
| verbessern → | | | | | | | | | | | | | | | |
| ereignen → | | | | | | | | | | | | | | | |
| dumm → | | | | | | | | | | | | | | | |

Lösungswort: ______________________

Am nächsten Tag trafen wir uns mit unseren Fahrrädern beim zerstörten Baumhaus. Mario brachte den Spürhund seines Onkels mit. „Darf ich vorstellen: Das ist Schnüffel. Schnüffel-Hund“, witzelte er. „Wie funktioniert so ein Spürhund? Gibt es eine Gebrauchsanleitung?“, fragte Lukas mit einem breiten Grinsen im Gesicht.

„Du lässt ihn an etwas schnuppern, das nach der Person riecht, die er suchen soll. Dann kann er eine Spur verfolgen", erklärte Mario geduldig. Wir ließen Schnüffel an dem Stück Stoff riechen. Danach suchte der Hund mit seiner Nase den Boden ab. Plötzlich hielt er inne und stellte den Schwanz auf. Er hatte eine Fährte gewittert. Wir konnten gerade noch rechtzeitig auf unsere Fahrräder springen und mussten fest treten, um ihn einzuholen. Viele Fragen gingen durch meinen Kopf.

**6 Fragewörter einsetzen**

Setze passende Fragewörter ein.
Wenn du es besonders knifflig magst, decke den Rahmen unten ab.

_______________ wird uns Schnüffel führen?

_______________ hat unser Baumhaus zerstört?

_______________ macht jemand so etwas?

_______________ ist es passiert?

_______________ konnte jemand ganz allein so ein großes Baumhaus zerstören?

_______________ sollten wir als Nächstes tun?

WANN • WIE • WOHIN • WER •
WIESO • WARUM • WESHALB • WAS

Nach 15 Minuten Fahrt blieb Schnüffel stehen, machte Sitz und hechelte freudig. Er hatte uns zu einem Einfamilienhaus geführt. „Hier muss es sein! Ich glaube, Schnüffel wartet auf eine Belohnung", stellte Tini fest. Mario hatte daran natürlich gedacht und gab dem Hund ein Hundekeks.
Wo waren wir hier gelandet?

Wenn du die Adresse herausfinden willst, löse das Rätsel.

**7 Aus Namenwörtern werden Eigenschaftswörter**

Mit den Wortbausteinen -ig, -lich, -bar und -isch kannst du aus Namenwörtern Eigenschaftswörter bauen.

1. die Lust → ______________________
2. der Automat → ______________________
3. der Neid → ______________________
4. der Geiz → ______________________
5. die Wolke → ______________________
6. das Inland → inländ______________________
7. die Ehre → ______________________
8. die Sicht → ______________________

Schreibe die Anfangsbuchstaben der Wörter aus **7** auf.

So heißt der gesuchte Ort: ______________________

An der Tür hing ein Brief. Es war eine verschlüsselte Botschaft.
Hilfst du uns, sie zu entziffern?

## 8 Geheimschrift entschlüsseln

❄☼☜☞☞❄ 💣✋👍☝ ✞💣 💣✋❄❄☜☼☠✌👍☝❄

_ _ _ _ _ _   _ _ _ _   _ _   _ _ _ _ _ _ _ _ _ _ _

👌☜✋💣 👌✌✞💣☝✌✞💧.

_ _ _ _   _ _ _ _ _ _ _ _ .

| ❄ | 💧 | 💣 | ☞ | ✞ | ✋ | 👍 | ☝ | 👌 | ☠ | ☜ | ✌ | ☼ |
|---|---|---|---|---|---|---|---|---|---|---|---|---|
| T | S | M | F | U | I | C | H | B | N | E | A | R |

*Wenn ihr eure Andenken wiederhaben wollt, …*

______________________________________________

______________________________________________

Was war gemeint mit „Wenn ihr eure Andenken wiederhaben wollt"?
Wir sahen uns erschrocken an. „Unser Kästchen mit unseren wichtigen Gegenständen!", rief Lotte entsetzt. Sofort rasten wir zurück zum Treffpunkt. Tatsächlich! Darauf hatten wir gar nicht geachtet. Das Kästchen, in das jeder von uns einen Gegenstand hineingegeben hat, der ihm wichtig war, war verschwunden.
Das war vielleicht ein ganz gemeiner Schurke! Wer macht denn sowas? Und warum?

Um herauszufinden, welche Andenken wir vermissten, löse die nächste Aufgabe.

**9 Fälle bestimmen**

Bestimme den Fall der unterstrichenen Namenwörter.
Der Artikel und die Fragewörter helfen dir.

Lukas vermisste <u>seinen Glückstaler</u>. → ____ Fall

Tinis Andenken war die Kette <u>der Großmutter</u>. → ____ Fall

Von Mario war <u>ein Milchzahn</u> im Kästchen. → ____ Fall

<u>Dem Mädchen</u> war das Freundschaftsband am wichtigsten. → ____ Fall

Trage die unterstrichenen Wörter in die Tabelle ein und ergänze die fehlenden Formen.

| **WER-Fall (1. Fall) Wer? Was?** | **WESSEN-Fall (2. Fall) Wessen?** | **WEM-Fall (3. Fall) Wem?** | **WEN-Fall (4. Fall) Wen? Was?** |
|---|---|---|---|
| der | des Glückstalers | dem | den |
| | | | |
| | | | |
| | | | |

Was blieb uns anderes übrig: Wenn wir unsere Andenken wiederhaben wollten, mussten wir zu dem Treffpunkt kommen. Daher stellten wir uns den Wecker und schlichen uns nachts heimlich aus dem Haus. Unsere Taschenlampen nahmen wir natürlich mit.

Hui, es war stockdunkel. Ich hörte in der Ferne ein paar Eulenrufe.
Die Stimmung war mehr als gruselig.

**10 Einen Text mit sprachlichen Mitteln gestalten**

Wie geht es den Baumhausfreunden? Mit diesen Bausteinen kannst du Sätze formulieren, die beschreiben, wie sich die Kinder fühlen und was sie denken.

stockte das Blut in den Adern • fühlte sich unwohl •

dachte: „_______________."

Herz klopfte bis zum Hals • bekam eine Gänsehaut

„Was wird uns wohl erwarten?" • „Hoffentlich gibt es keine böse Überraschung!"

Wir hatten ein wenig Angst. Gleichzeitig waren wir aufgeregt. So ein spannendes Abenteuer hatten wir noch nie erlebt. Eines stand fest: Wir mussten unsere Gegenstände wiederbekommen.

Als wir in die Nähe des Treffpunkts kamen, sahen wir bereits eine Gestalt. Sie war nicht größer als wir selbst. Wer konnte das sein?

**11 Wörter verlängern: d oder t am Wortende?**

Wenn du nicht weißt, ob du d oder t am Wortende schreibst, kannst du das Wort verlängern: Hund → Hunde.

| | | | | | |
|---|---|---|---|---|---|
| mil__ | → | ein mil__er Winter | Durs__ | → | durs__ige Kinder |
| Pake__ | → | große Pake__e | Pfer__ | → | schnelle Pfer__e |
| Lich__ | → | helle Lich__er | blon__ | → | ein blon__er Bub |

Bilde Sätze: *Der Winter war mild.*

Es war ______________, Marios erster bester Freund, bevor er zur Baumhausschule gekommen war. „Matteo, du? Warum hast du ...?" Mario konnte den Satz nicht mehr zu Ende sprechen, da fing Matteo an: „Kannst du dir das nicht denken? Wir waren wie zwei Brüder und dann hast du diese Baumhausbande hier gefunden. Seitdem bin ich nur mehr Luft für dich." Mario stieg betreten von einem Fuß auf den anderen: „Das war nicht so gemeint. Hättest du doch etwas gesagt! Es tut mir leid." Doch Matteo war noch zu zornig, um seine Entschuldigung anzunehmen: „Ich habe eure Wertgegenstände an einem besonders geheimen Ort versteckt. Nur wenn ihr alle Rätsel auf dem Weg richtig löst, bekommt ihr sie zurück."

Mit diesen Worten setzte er sich auf sein Fahrrad und rief uns noch zu: „Den ersten Hinweis erhaltet ihr morgen um 12 Uhr beim Eisverkäufer Hans. Aber ihr müsst die richtigen Eissorten bei ihm bestellen." Dann trat er in die Pedale und war nur mehr eine Wolke.

Die richtigen Eissorten? Wie konnte er das gemeint haben?

Am nächsten Tag trafen wir uns beim Eissalon. Das war praktisch, denn wir aßen auch gerne Eis. Wir betrachteten lange die Tafel mit den Eissorten. „Aah", begriff ich nach einer Weile. „Manche Wörter haben etwas gemeinsam."

**12 Lange und kurze Selbstlaute**

Immer 3 Wörter haben eine Gemeinsamkeit.
Tipp: Es geht um lange und kurze Selbstlaute.

| | | |
|---|---|---|
| Mandarine | Pfirsich | Marille |
| Nektarine | Vanille | Jogurt-Rosine |

Eis Nr. 1 (3 Sorten): ______________________________

Eis Nr. 2 (3 Sorten): ______________________________

Kannst du auch diese Wörter nach langen und kurzen Selbstlauten ordnen?

**Kamin • Maschine • schwitzen • Gitter • Tiger • Blitz • Kaninchen • Sittich**

| i wird lang gesprochen | i wird kurz gesprochen |
|---|---|
| | |
| | |
| | |
| | |

„Nicht schlecht!", sagte der Eisverkäufer Hans anerkennend.
Er gab uns einen Zettel.

Während wir unser Eis schleckten, untersuchten wir die Nachricht.

**13 Subjekt – Prädikat**

Bestimme in den Sätzen Subjekt (S) und Prädikat (P), indem du Subjekte blau unterstreichst und Prädikate rot. Denk an die Hilfsfragen.

WER? WAS? → Subjekt   WAS TUT …? WAS GESCHIEHT? → Prädikat

Das Eis tropft auf den Boden. 4. und 3. Buchstabe Prädikat: ___ ___

Neugierig betrachten die Kinder die Botschaft. ___

Lotte öffnet den Zettel. 3. Buchstabe Subjekt: ___

Tini liest laut. ___ M

Die Kinder staunen über die Botschaft. 2. Buchstabe Prädikat: ___

Lösungswort: ______________________

Kannst du auch in diesen Sätzen Subjekt und Prädikat bestimmen?

Freudig machte der Clown einen Purzelbaum.

In der Nacht hörte Leopold ein seltsames Geräusch.

Fliegen Flugzeuge höher als Hubschrauber?

Am Wochenende machte Familie Schmitt einen Ausflug.

Jetzt eilten wir zum Postamt. Hier befand sich die Aufgabe mit dem nächsten Hinweis.

**14 k oder ck?**

Schreibt man das Wort mit k oder ck?

ck schreibe ich nach einem kurzen Selbstlaut oder Umlaut: Schnẹcke.

Nach l, n, r, das merke ja, steht nie ck!

Schreibe das Wort in einer Wortgruppe auf.

Pa ck erl → ein Packerl bekommen 

Nel____e → ____________________ 

Mar____e → ____________________ 

Zu____erlgeschäft → ____________________ 

Bä____erei → ____________________ 

We____er → ____________________ 

Welche dieser ck-Wörter bezeichnen Orte? ____________________

________________________________________

Bäckerei oder Zuckerlgeschäft? Wo konnte der nächste Hinweis sein? Sollten wir uns aufteilen? Wir warfen eine Münze. So kam es dazu, dass wir zuerst beim Bäcker nach dem nächsten Hinweis suchten.

**15 ä oder e?**

Wenn du nicht sicher bist, ob du ein Wort mit ä oder e schreibst, denke an die Regel: Die meisten Wörter mit ä kannst du ableiten.

Kannst du das Wort ableiten? Oder ist es eines der Merkwörter?

B__cker → backen

Br__mse → ________

K__fig → ________

B__rte → ________

Z__hne → ________

L__ben → ________

S__ge → ________

R__gen → ________

Diese ä-Wörter muss ich mir merken:
Bär • Lärm • Käse • Träne • Käfig • Märchen • Gämse • Säge

Wir hatten das Rätsel gelöst, doch was war der Hinweis? „Zähne? – Vielleicht müssen wir beim Zahnarzt weitersuchen?“, versuchte es Mario. Doch da deutete der Bäcker mit seinem Finger in eine Richtung. Da war eine Tür. War dahinter der nächste Hinweis? Schnell öffneten wir die Tür und landeten in einem geschlossenen Innenhof. Rumms! Die Tür knallte zu. Oh nein!! Sie ließ sich nicht mehr öffnen! Wir waren in eine Falle getappt.

Über dem Türschloss war ein Display mit einer seltsamen Tastatur. Daneben hing ein Zettel: „Erst wenn ihr alle 11 Wörter mit Doppelmitlaut gefunden habt, lässt sich die Tür öffnen. Ihr habt aber nur 8 Minuten Zeit!" Auch das noch! Wie sollten wir das nur schaffen? Jetzt mussten wir alle unsere grauen Zellen aktivieren. Auch deine Hilfe könnten wir gebrauchen!

**16 Wörtersuchsel**

Finde alle 11 Wörter mit Doppelmitlaut und schreibe sie dann auf. → ↓
Wenn du möchtest, kannst du dabei eine Stoppuhr auf 8 Minuten stellen.
Schaffst du es in der Zeit?

| | | | | | | | | | | | | | |
|---|---|---|---|---|---|---|---|---|---|---|---|---|---|
| B | R | Ü | L | L | E | N | F | G | E | S | S | E | N |
| H | E | M | F | Q | Z | B | A | K | R | G | P | O | Ü |
| N | T | R | O | M | M | E | L | N | E | U | E | P | L |
| K | T | D | V | R | C | A | L | Ä | I | R | R | E | N |
| R | E | N | N | E | N | S | E | H | K | Z | R | Ö | V |
| X | N | F | Y | J | L | K | N | A | L | L | E | N | R |
| J | T | U | Ö | X | W | B | U | I | D | F | N | W | T |
| K | O | M | M | E | N | L | S | T | O | P | P | E | N |

Ja! Die Tür ging auf. Wenn der Bäcker die Falle war, dann musste das Zuckerlgeschäft die richtige Lösung sein. Jetzt aber schnell dorthin!

Vor dem Zuckerlgeschäft wartete Matteo. Er sah jetzt viel freundlicher aus als bei Tageslicht. Im Grunde hatte uns diese Schnitzeljagd auch Spaß gemacht. Matteo hatte für jeden eine Süßigkeit gekauft. „Bravo! Ihr seid wirklich schlau!", gab er zu. „Aber dass euer Baumhaus von einem Unwetter zerstört worden ist, habt ihr noch immer nicht erkannt!"
Er lachte und gab uns die Schachtel mit unseren Habseligkeiten zurück. „Ich hab nur eure Schachtel mitgenommen, als Denkzettel für Mario!" Wir waren ein bisschen verlegen. Dass unser Baumhaus von einem Sturm vernichtet worden war, hätte uns tatsächlich in den Sinn kommen können ...

„Das war toll! Und lustig! Möchtest du bei uns mitmachen?", platzte Lukas heraus. Alle sahen ihn erstaunt an. Aber ja, warum eigentlich nicht? Kreative Köpfe konnten wir immer gebrauchen.

**17 Eine Person beschreiben**
Beschreibe Matteo. Du kannst die Wortangebote nutzen oder eigene Ausdrücke verwenden.

rotblonde Haare • Wuschelkopf • grüne Weste • kleine Nase • rote Backen • bester Freund Mario • freundliches Lächeln • liest gerne Detektivgeschichten

*Das ist Matteo.*

Über dieses Angebot freute sich Matteo sehr, denn es war insgeheim sein sehnlichster Wunsch gewesen. „Aber das Baumhaus ist ja kaputt. Wir können dieses Jahr keine Baumhausschule machen", meinte Lotte traurig.

„Kein Problem. Ich habe Werkzeug und Baumaterial. Gemeinsam können wir das Baumhaus wieder aufbauen", schlug Matteo vor.

**18 Satzglieder verschieben und ergänzen**

Diese Sätze beschreiben, wie die Kinder das Baumhaus wieder aufbauen.
Bestimme die Satzglieder. Rahme sie mit verschiedenen Farben ein.
Dann schreibe den Satz einmal mit verschobenen Satzgliedern auf.

Die Kinder entfernten zuerst die kaputten Bretter.

______________________________

Tini sägte die neuen Bretter ab.

______________________________

Mario hämmerte die Nägel in die Bretter.

______________________________

Eine neue Leiter bauten Lotte und Matteo.

______________________________

Zum Schluss erneuerten Lea und Lukas die Inneneinrichtung.

______________________________

„Habt ihr vergessen? Matteo muss erst die Aufnahmeprüfung bestehen", erinnerte uns Mario. Seine eigene Prüfung war ihm noch gut im Gedächtnis. „Stimmt", waren wir uns sofort einig.
„Morgen findet deine Aufnahmeprüfung statt."
Wir dachten uns schwierige Aufgaben für Matteo aus. „Aber nicht zu schwierig, wir wollen ja, dass er die Prüfung schafft", mahnte Lukas.
Am nächsten Tag war Matteo pünktlich da.

Hilfst du ihm, die Prüfung zu bestehen?

**19 Fälle bestimmen**

Bestimme alle Satzglieder.

S
Matteo nahm nervös den Stift in die Hand.

Nach kurzer Pause begann der Bub mit der 1. Aufgabe.

Die Kinder warteten gespannt im Baumhaus.

Lukas borgte dem Jungen einen Radiergummi.

S (Subjekt)
= WER? 1. Fall

P (Prädikat)
= Zeitwort

E3 (Ergänzung im 3. Fall)
= WEM?

E4 (Ergänzung im 4. Fall)
= WEN?

OE (Ortsergänzung)
= WO? WOHIN?

AE (Artsergänzung)
= WIE?

ZE (Zeitergänzung)
= WANN? WIE LANGE?

Matteo schwitzte. Hätte er doch in der Schule öfter aufgepasst anstatt Comics gelesen! Aber wenn er sich anstrengte, konnte er auch die schwierigsten Aufgaben schaffen. Er glaubte an sich.

**20 ß oder ss?**

Setze richtig ein. Schreibe danach die Wörter auf.

Spagetti mit So____e → ____________

eine dunklen Ga____e → ____________

ein Strau____ Blumen → ____________

ein prächtiges Schlo____ → ____________

hei____e Würstel → ____________

ein dickes Fa____ → ____________

gro____e Häuser → ____________

ein scharfes Me____er → ____________

Setze die Wörter in die Tabelle ein.
Dann überlege, welche Wörter du noch kennst, die in die leeren Felder passen.

| aß | oß | uß | ieß | auß/eiß |
|---|---|---|---|---|
| | | | | |
| | | | | |

| ass | ess | oss | uss | iss |
|---|---|---|---|---|
| | | | *Nuss* | |
| | | | | |

„Das war schon recht gut, aber um der Baumhausschule würdig zu sein, musst du auch Fehler bei anderen finden können. Hier ist ein alter Schulaufsatz von mir", sagte ich. „Nur wenn du alle Fehler entdeckt hast, bist du ein Mitglied der Baumhausschule."

**21 Fehler in einem Text finden**

In diesem Text sind insgesamt 9 Fehler eingebaut.
Finde die Fehler und streiche die falschen Wörter durch.

Die Schwimmprüfung

In der vierten Klasse gingen alle zum Schwimunterricht.
Am Ende des Schuljahres konte man ein Schwimmabzeichen machen.
Lisa trainirte für den Freischwimmer.
Dazu musste sie 15 Minuten Dauerschwimmen, einen sprung aus 1 Meter Höhe schaffen und alle Baderegeln kenen.
Am Tag der Prüfung war Lisa seer nervös.
Sie schafte das Dauerschwimmen und den Sprung.
Aber die letzte Baderegel viel ihr nicht ein.
Endlich wusste sie es: „Man darf mit volem Bauch nicht ins Wasser."
Feierlich bekam sie ihr Schwimmzeichen überreicht.

Schreibe alle Sätze richtig in dein Heft.

Geschafft! Matteo war in der Baumhausschule aufgenommen. Er freute sich riesig. „Sollen wir Schnüffel vielleicht auch aufnehmen?", fragte Tini plötzlich. „Aber wie kann der Hund denn eine Aufnahmeprüfung machen?" „Vielleicht habe ich da eine Idee!", meinte Lukas. Schnell holte er einige Leckerlis und verteilte sie an unterschiedlichen Orten. „Für jede Zeitform, die ihr richtig habt, darf sich Schnüffel ein Leckerli suchen."

**22 Zeitformen für Vergangenes**

Ergänze die Wörter in der kurzen Vergangenheitsform.

fallen – *fiel* – gefallen

stehlen – ________ – gestohlen

gießen – ________ – gegossen

schießen – ________ – geschossen

stechen – ________ – gestochen

pflücken – ________ – gepflückt

zücken – ________ – gezückt

treffen – ________ – getroffen

Schreibe Sätze mit 4 Zeitwörtern in der kurzen Vergangenheitsform.

*Konrad fiel auf die Nase.*

Schnüffel konnte natürlich alle Leckerlis mit Leichtigkeit finden. „Ich denke, wir haben etwas zu feiern: Unser Baumhaus ist wieder ganz. Matteo und Schnüffel sind neue Mitglieder unserer Baumhausschule. Wir sollten ein Fest veranstalten", schlug Lotte vor. Das ließen wir uns nicht zweimal sagen. Für den nächsten Tag sollte jeder etwas mitbringen.

So bereiteten wir das Fest vor:

**23 Zeitergänzung – Ortsergänzung**

Schmücke die Sätze selbstständig mit Zeit- und Ortsergänzungen aus.

(Wann?) (Wo?)

Die Kinder bereiteten ____________ ____________ ein Fest vor.

Lea hängte Girlanden ____________________ (Wohin?).

Lukas mixte ____________ (Wie lange?) eine selbstgemachte Limonade.

Lotte stellte Teller ____________________ (Wohin?).

__________ (Wann?) wurden Blumen als Dekoration ____________

(Wohin?) gestellt.

Es war ein fröhliches Fest. Alle waren glücklich, es wurde Verstecken und Fangen gespielt und es wurden Knabbereien verspeist. Am Ende des Festes stellten wir uns im Kreis auf. Jeder durfte sich etwas für das nächste Schuljahr in der neuen Schule wünschen.

**24 das – dass**

Setze ein: das oder dass?

Ich möchte ein Schulgebäude, __________ groß ist.

Ich wünsche mir, __________ wir oft Ausflüge machen.

Ich hoffe, __________ ich im nächsten Schuljahr viel lernen werde.

Ich will ein Fach haben, __________ ich besonders gut kann.

Ich glaube, __________ ich viele neue Kinder kennen lernen werde.

Satzbaustelle: Formuliere eigene Wünsche für das nächste Schuljahr.
Diese Bausteine helfen dir dabei. Schreibe mindestens 8 Sätze.

| | | | |
|---|---|---|---|
| Ich | hoffe,<br>denke,<br>will,<br>glaube, | dass ... | Ich wünsche mir ein Gebäude, das ...<br>Ich wünsche mir ein Fach, das ...<br>Ich möchte ein Lernprogramm, das ...<br>Ich möchte ein Experiment, das ... |

Wie jeder Sommer ging auch dieser Sommer irgendwann zu Ende und ich musste mich von meinen Freundinnen und Freunden verabschieden. Wir hatten dieses Mal nicht nur ein besonderes Abenteuer erlebt und dabei einen neuen Freund gewonnen. Wir hatten auch wieder viel gelernt, auch einige neue Wörter.

**25 Sprachliche Wendungen**

Manche Ausdrücke unserer Sprache verwenden wir eher in geschriebenen Texten. Diese Ausdrücke kamen in der Geschichte vor. Kennst du ihre Bedeutung? Verbinde.

| | |
|---|---|
| insgeheim | Gegenstände |
| entwenden | heimlich |
| Schurke | wiederbekommen |
| wiedererlangen | Bösewicht |
| mahnen | warnen, erinnern |
| Habseligkeiten | wegnehmen, stehlen |
| verspeisen | einfach |
| mit Leichtigkeit | essen |

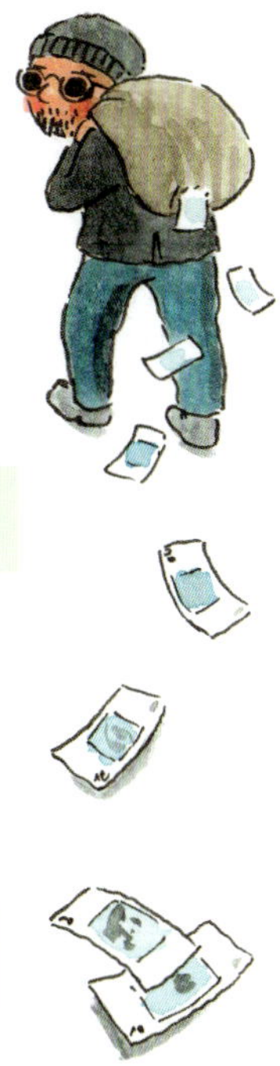

Damit ich mich später daran zurückerinnern kann,
schrieb ich in mein Tagebuch.

**26 Eine Erinnerung aufschreiben**

Du kannst in die Rolle von Lea schlüpfen und ihren Tagebucheintrag schreiben oder du schreibst eine Erinnerung aus deinen eigenen Sommererlebnissen auf.

## 27 Lesequiz

Du hast nun die Geschichte „Ein Fall für die Baumhausschule“ gelesen.
Hast du dir alles gemerkt?
Versuche die Fragen richtig zu beantworten.
Du kannst jederzeit zurückblättern und noch einmal nachlesen.
Kreise die richtigen Buchstaben ein. Sie ergeben das Lösungswort.

| | richtig | falsch |
|---|---|---|
| Das Baumhaus war zerstört worden. | S | B |
| Die Adresse, zu der Schnüffel die Kinder führte, war Kurzacker 9. | R | C |
| Der Freund von Mario hieß Markus. | O | H |
| Sie trafen sich um Mitternacht beim Baumhaus. | N | M |
| Lukas hatte ein Hufeisen als Glücksbringer im Kästchen. | Ä | Ü |
| Das Zuckerlgeschäft war eine Falle. | R | F |
| Der Bäcker zeigte den Freundinnen und Freunden den richtigen Weg. | E | F |
| Schnüffel schaffte die Aufnahmeprüfung. | E | S |
| Beim Fest gab es selbstgemachte Limonade. | L | T |

Lösungswort: _ _ _ _ _ _ _ _ _

# Inhalt und Lösungen

## 1 Zusammengesetzte Namenwörter teilen — Seite 3

das Wiedersehen – die Freude,
der Sommer – die Nächte,
die Freude – die Tränen,
der Abschied – die Geschenke,
die Zukunft – die Pläne,
die **Zerstörung**

## 2 Einen Text gestalten — Seite 4

Beispiel: Lotte rief entsetzt: „Oh, nein!“

## 3 Fälle bestimmen anhand des m- oder n-Signals — Seite 5

Lukas entdeckte in der Wiese einen blauen Stoff. → 4. Fall
Gehörte der blaue Stoff einem Buben? → 3. Fall
Tini fand im Baumhaus einen großen Fußabdruck. → 4. Fall
Gehörte dieser Fußabdruck einem Erwachsenen? → 3. Fall

## 4 Namenwörter: männlich – weiblich – sächlich — Seite 6

| männliches Geschlecht | weibliches Geschlecht | sächliches Geschlecht |
|---|---|---|
| der Fußabdruck | die Zerstörung | das Chaos |
| der Stoff | die Spur | das Haarbüschel |
| der Fingerabdruck | die Büroklammer | das Baumhaus |

## 5 Die Wortbausteine -ung, -heit, -keit — Seite 7

beschäftigen → BESCHÄFTIGUNG; peinlich → PEINLICHKEIT;
überheblich → ÜBERHEBLICHKEIT; drohen → DROHUNG;
hindern → HINDERNIS; verbessern → VERBESSERUNG;
ereignen → EREIGNIS; dumm → DUMMHEIT; **SPÜRHUND**

## 6 Fragewörter einsetzen — Seite 8

Wohin wird uns Schnüffel führen?
Wer hat unser Baumhaus zerstört?
Wieso macht jemand so etwas?
Wann ist es passiert?
Wie konnte jemand ganz allein so ein großes Baumhaus zerstören?
Was sollten wir als Nächstes tun?

## 7 Aus Namenwörtern werden Eigenschaftswörter — Seite 9

lustig, automatisch, neidisch, geizig, wolkig, inländisch, ehrlich, sichtbar; **LANGWIES**

## 8 Geheimschrift entschlüsseln — Seite 10

Trefft mich um Mitternacht beim Baumhaus.

## 9 Fälle bestimmen — Seite 11

Lukas vermisste seinen Glückstaler. → 4. Fall;
Tinis Andenken war die Kette der Großmutter. → 2. Fall;
Von Mario war ein Milchzahn im Kästchen. → 1. Fall;
Dem Mädchen war das Freundschaftsband am wichtigsten. → 3. Fall

| WER-Fall (1. Fall) Wer? Was? | WESSEN-Fall (2. Fall) Wessen? | WEM-Fall (3. Fall) Wem? | WEN-Fall (4. Fall) Wen? Was? |
|---|---|---|---|
| der Glückstaler | des Glückstalers | dem Glückstaler | den Glückstaler |
| die Großmutter | der Großmutter | der Großmutter | die Großmutter |
| der Milchzahn | des Milchzahns | dem Milchzahn | den Milchzahn |
| das Mädchen | des Mädchens | dem Mädchen | das Mädchen |

## 10 Einen Text mit sprachlichen Mitteln gestalten — Seite 12

## 11 Wörter verlängern: d oder t am Wortende? — Seite 13

mild, ein milder Winter; Paket, große Pakete; Licht, helle Lichter; Durst, durstige Kinder;
Pferd, schnelle Pferde; blond, ein blonder Bub; **MATTEO**

## 12 Lange und kurze Selbstlaute — Seite 14

Eis Nr. 1: Mandarine, Nektarine, Jogurt-Rosine;
Eis Nr. 2: Pfirsich, Marille, Vanille

| i wird lang gesprochen | i wird kurz gesprochen |
|---|---|
| Kamin | schwitzen |
| Maschine | Gitter |
| Tiger | Blitz |
| Kaninchen | Sittich |

## 13 Subjekt – Prädikat — Seite 15

Das Eis tropft auf den Boden.
Neugierig betrachten die Kinder die Botschaft.
Lotte öffnet den Zettel. Tini liest laut.
Die Kinder staunen über die Botschaft.
**POSTAMT**
Freudig machte der Clown einen Purzelbaum.
In der Nacht hörte Leopold ein seltsames Geräusch.
Fliegen Flugzeuge höher als Hubschrauber?
Am Wochenende machte Familie Schmitt einen Ausflug.

## 14 k oder ck? — Seite 16

Packerl, Nelke, Marke, Zuckerlgeschäft, Bäckerei, Wecker;
**BÄCKEREI**, **ZUCKERLGESCHÄFT**

## 15 ä oder e? — Seite 17

Bäcker – backen, Bremse, Käfig, Bärte – Bart, Zähne – Zahn, Leben, Säge, Regen

## 16 Wörtersuchsel — Seite 18

| | | | | | | | | | | | | | |
|---|---|---|---|---|---|---|---|---|---|---|---|---|---|
| **B** | **R** | **Ü** | **L** | **L** | **E** | **N** | **F** | G | **E** | **S** | **S** | **E** | **N** |
| H | **E** | M | F | Q | Z | B | **A** | K | R | G | **P** | O | Ü |
| N | **T** | **R** | **O** | **M** | **M** | **E** | **L** | **N** | E | U | **E** | P | L |
| K | **T** | D | V | R | C | A | **L** | Ä | **I** | **R** | **R** | **E** | **N** |
| **R** | **E** | **N** | **N** | **E** | **N** | S | **E** | H | K | Z | **R** | Ö | V |
| X | **N** | F | Y | J | L | **K** | **N** | **A** | **L** | **L** | **E** | **N** | R |
| J | T | U | Ö | X | W | B | U | I | D | F | **N** | W | T |
| **K** | **O** | **M** | **M** | **E** | **N** | L | **S** | **T** | **O** | **P** | **P** | **E** | **N** |

## 17 Eine Person beschreiben — Seite 19

## 18 Satzglieder verschieben und ergänzen — Seite 20

BEISPIELE:
Zuerst entfernten die Kinder die kaputten Bretter.
Die neuen Bretter sägte Tini ab.
Die Nägel hämmerte Mario in die Bretter.
Lotte und Matteo bauten eine neue Leiter.
Die Inneneinrichtung erneuerten am Schluss Lea und Lukas.

**19** Fälle bestimmen Seite 21

S P AE E4 OE
Matteo nahm nervös den Stift in die Hand.

ZE P S E3
Nach kurzer Pause begann der Bub mit der 1. Aufgabe.

S P AE OE
Die Kinder warteten gespannt im Baumhaus.

S P E3 E4
Lukas borgte dem Jungen einen Radiergummi.

**20** ß oder ss? Seite 22

Soße, Gasse, Strauß, Schloss, heiße, Fass, große, Messer; Beispiele:

| aß | oß | uß | ieß | auß/eiß |
|---|---|---|---|---|
| fraß | Soße | Gruß | gießen | heiße |
| saß | große | Fuß | fließen | Strauß |

| ass | ess | oss | uss | iss |
|---|---|---|---|---|
| Fass | Messer | Schloss | Nuss | Riss |
| Gasse | besser | goss | Kuss | wissen |

**21** Fehler in einem Text finden Seite 23

Schwim**m**unterricht, ko**n**nte, traini**e**rte, **S**prung, ke**n**nen, se**h**r, schaf**f**te, **f**iel, vol**l**em

**22** Zeitformen für Vergangenes Seite 24

fiel, stahl, goss, schoss, stach, pflückte, zückte, traf

**23** Zeitergänzung – Ortsergänzung Seite 25

BEISPIELE:
Die Kinder bereiteten am Nachmittag unter dem Baumhaus ein Fest vor.
Lea hängte Girlanden an die Zweige.
Lukas mixte minutenlang eine selbstgemachte Limonade.
Lotte stellte Teller auf den Tisch.
Am Schluss wurden Blumen als Dekoration auf den Tisch gestellt.

**24** das – dass Seite 26

Ich möchte ein Schulgebäude, das groß ist.
Ich wünsche mir, dass wir oft Ausflüge machen.
Ich hoffe, dass ich im nächsten Schuljahr viel lernen werde.
Ich will ein Fach haben, das ich besonders gut kann.
Ich glaube, dass ich viele neue Kinder kennen lernen werde.

**25** Sprachliche Wendungen Seite 27

insgeheim = heimlich;
entwenden = wegnehmen, stehlen;
Schurke = Bösewicht;
wiedererlangen = wiederbekommen;
mahnen = warnen, erinnern;
Habseligkeiten = Gegenstände;
verspeisen = essen;
mit Leichtigkeit = einfach

**26** Eine Erinnerung aufschreiben Seite 28

**27** Lesequiz Seite 29

**Schnüffel**